KB102821

| 자서 |

천 편의 시를 써서 열네 권의 시집을 냈다.
열다섯 번째로 간행하는 이번 시집은
다시 천 편을 쓰겠다는 다짐이 깃든
일흔여덟 편의 작품을 수록하고 있다.
매주 나흘씩 시를 가르치고
시를 읽지 않는 날 하루도 없지만
아직 시의 사랑을 받지 못하고 있는 것 같다.
꽃이 시를 쓰게 할 때 많지만
그 향기 오롯이 전할 수 없어 안타깝기만 하다.

2023년 7월
권숙월

오래 가까운 사이

시와반시 기획시인선 026

오래 가까운 사이

권숙월 시집

시와반시

| 차례 |

제1부

제2부

제3부

제4부

제1부

꽃의 집

꽃의 집 보기 위해 목련 한 그루 집에 심었다 겨울철 들어서기 바쁘게 높이 지은 꽃의 집, 새봄 오기 전엔 문을 열지 않는다 누구도 들여다볼 수 없는 구조의 집, 신방 같은 분위기가 느껴진다 잉태한 엄마들이 저와 같을까 수많은 얼굴에 밝은 웃음 피울 꽃을 위해 칼바람도 이긴다 겉보기엔 손을 놓고 있는 것 같아도 남 눈치채지 못하게 집을 키워간다 폭설의 힘으로도 무너뜨릴 수 없는 단칸방 꽃의 집, 한 사람을 위해서도 완벽하게 짓는다 해마다 수를 늘려 옹기종기 지어놓는다

철부지 홍매화

삼월도 중순인데 꽃단장을 하지 않는다 "우리 집 홍매화는 아직도 봄이 온 줄 모르나 봅니다" 삼 년 전 홍매화 두 그루 선물한 시인에게 전화를 했다 "우리 농장 홍매화는 꽃피운 지 한 달은 되었는 걸요" 카톡으로 보내준 홍매화 꽃 몇 송이뿐이다 "그곳 홍매화는 주인의 마음이 늘 봄날이어서 일찍 핀 것 같아요" 농담에는 농담으로 "걱정 마세요, 심은 지 몇 년 되지 않아 철들지 않아 그럴 겁니다" 철부지 홍매화의 더딘 개화로 활짝 핀 꽃 웃음 되로 주고 말로 받는다

자두나무 꽃구경

지난겨울 칠십팔억여 마리 꿀벌이 죽었다 양봉하는 사람들 살길이 막막하다는 뉴스에 꿀값 또한 급상승할 거라는 말 들린다 꿀이야 아껴먹으면 그만이지만 자두 농사짓는 아내 걱정은 꽃 수정이 안 되면 어쩌나 하는 것이다 바람이 도와준다고 해도 꿀벌이 있어야 한다고 믿기 때문이다 하필이면 꽃철, 온 데가 꽃이어서 시골구석 자두밭을 어떻게 찾아오겠는가 걱정하며 자두밭에 가보았더니 꿀벌 여러 마리 제 세상 만났다 웃음이 절로 나와 이 나무 저 나무에 손도 얹어보며 꽃구경 간 사람처럼 한참을 돌아다녔다

백모란의 시간

　언제나 대문이 열려 있는 집이다 꽃밭이 맨 앞에 있어 집에 들어서면 첫눈에 보이는 백모란, 봄 무르익어 향기 헤픈 꽃 활짝 피면 꿀벌이 먼저 알고 찾아온다 몇몇 꽃에는 너덧 마리씩 제 세상 만난 듯하다 눈에 띄는 꽃술이 꿀샘이어서일까 행복에 겨운 꿀벌에게 꽃 중심을 내어준 백모란, 우리 엄마에게도 저와 같은 시간이 있었을까 아빠 여읜 세 살 아이에게 젖 물리고 속울음 울었을까 꿀벌 모두 제집으로 돌아간 해 질 무렵의 백모란처럼 시무룩했을까

짝사랑 꽃

하늘에 이르는 길 내고 싶은 꿈이었을까 분홍색 선명한 실핏줄은 허공을 향하였다 이룰 수 없다는 것 알면서도 피어나는 짝사랑 꽃이 발길을 붙든다 은근한 눈길 보내도 낯빛 하나 변하지 않는 낮달, 분홍낮달맞이꽃은 왜 저 달을 품으려 하는 것일까 땅이 메말라도 아랑곳하지 않는 힘 어디서 나오는 것일까 꼿꼿하게 설 수 없는 쓰러질 듯한 몸이어도 반듯한 꽃 피운다 연약한 줄기 끝에 무언의 사랑을 꽃피운다

감꽃의 시간

쳐다보지 않아도 알 수 있다 감꽃의 시간, 바닥 민심을 모르면 살아남을 수 없다는 듯 위를 버린 꽃이 바닥을 읽고 있다 감꽃 줍는 손 많을 때는 쳐다보는 눈 또한 적지 않았다 배고픈 시절 주전부리로 목걸이로 사랑받던 감꽃 외면할 수 없다 풋감도 소금물에 삭히어 먹던 그 시절엔 집집이 감나무 한두 그루 마당가에 있었지 담 너머로 가지를 뻗어 감꽃 절반은 골목에 떨어졌지 곶감도 홍시도 만들어 먹는 이 별로 없어 감꽃 필 자리 줄어들었다 그래도 떠나지 못하여 시골 빈집 지키는 감나무 올해도 어김없이 꽃의 시간을 지켰다

금계국 웃음꽃

자리를 탓할 입이 금계국에게는 없다 웃음꽃 활짝 피워 주변을 밝힌다 어디든 발붙이고 살면 그 자리가 좋은 자리, 남 탓하는 입이 있었으면 해맑은 웃음 나누기 어려웠으리 금계국이 잡초가 내민 손 뿌리치는 것 본 적 있는가 피눈물 흘리는 것 본 적 있는가 속울음 삼켜보지 않은 이 어디 있으랴 걱정 없는 이 어디 있으랴 울 일보다 웃을 일이 더 많은 게 세상살이라는 걸 깨우쳐 주는 꽃자리, 그 자리가 어떤 자리이든 웃음꽃 보여주는 날은 나비도 꿀벌도 찾아온다는 것 알 수 있으리

찔레꽃 환한 웃음

　가시 몸을 한 탓이겠지 손끝 하나 상하게 한 적 없으면서 꽃 얼굴을 하고도 고개 들지 못한다 꾸부정한 허리 펴지 못한다 도시는 싫어 잡초 무성한 시골이 좋아 그렇다고 아무 데나 발을 들여놓았다가는 큰코다치지 멋모르고 벌 나비 불러들이면 뿌리도 못 찾아 산비탈이면 어떻고 개울가면 또 어떤가 사람 손길 닿지 않는 곳이 제일이지 아무짝에도 쓸모없는 것이 꽃은 피워 뭐하냐고 하면 어떤가 한 달도 안 되지만 꽃의 날 산다는 것 꿈같지 않은가 박수받을 일 없이 전하는 환한 웃음의 향기가 눈물겹지 않은가

꽃나팔

질긴 생명력이 나팔을 불게 했다 눈엣가시로 수난을 당해도 악착같았다 어떤 꽃나무도 가까이 있으면 감겨들 수밖에 없다 홀로 설 수 없는 몸이지만 붙들 것만 있으면 행복했다 높아지겠다는 욕심도 없으면서 하늘 높은 줄 몰랐다 이제는 시골 어느 집에도 나팔꽃 가꾸는 손길 없다고 메꽃이 나섰다 나팔 불어도 좋을 소식은 모른 체할 수 없지 않으냐고 대신 나선 것이다 무시당하고도 기죽는 일 없는 메꽃, 이른 아침부터 나팔을 불고 있다 그 소리 알아들을 수 없지만 나팔이 연홍으로 고운 걸 보면 반가운 소식임에 틀림없겠다

달맞이꽃의 시 쓰기

시의 눈으로 보아서일까, 달맞이꽃이 시를 쓴다 달에 빠진 달맞이꽃이 제 몸에 쓴 시를 가까이서 읽을 수 있다니, 하늘 말씀에 귀 기울여 쓴 시일까 아침 햇살처럼 맑은 시 되풀이해 읽으며 고개를 끄덕인다 절창을 써놓고도 해 앞에서 언제나 몸 둘 바를 모른다 완성된 시를 달에게 바친 후 지워버리는 일에는 이유가 있다 달맞이꽃이 퇴고에 많은 시간을 투자하는 것은 이 때문이다 매일 같이 썼다 지웠다 썼다 지웠다를 반복하는 것이다 영원한 게 없다는 듯 마지막엔 지운 흔적뿐 단 한 줄도 남기지 않는다

능소화의 속삭임

　혼자 힘으로는 어림없지 기대지 않고는 일어설 수
없지 한여름 땡볕에 꽃피우는 오기(傲氣) 누가 막으
랴 등허리 굽었으면 어떻고 꽃병에 꽂히지 못하면 또
어떤가 간섭받지 않고 꽃피울 수 있으면 그만이지 칠
년생 능소화 집에 심은 지 삼 년이다 지주목에 의지하
여 잔가지 휘어지도록 꽃을 피운다 향기 나는 말 오래
품으면 저와 같은 꽃 피어날까 시인의 눈으로도 이해
하기 어려운 말 전하고 싶은 이 누굴까 능소화 송이째
떨어져 땅의 귀에 속삭이는 말 궁금하다

능소화 독백

농염한 눈빛 좀 하였다고 그게 흉인가 이상하게 보는 눈이 문제가 있는 거지 겉보기엔 어떤지 몰라도 호락호락하지 않아 누가 뭐래도 내 중심은 내가 지켜 빛나는 자리라고 기웃거린 적 없고 화환에도 꽃다발에도 끼어든 적 없지 언제나 기댈 데 있는 변두리를 좋아하지 주인이 원하는 자리 아니면 앉지도 서지도 않아 어느 누구에게도 품을 내어준 적 없으나 하늘이 내려와 안아주곤 하지 스스로 시가 되지는 못했지만 시인들이 써준 시가 수백 편이지

낮은 꽃

　낮은 자세로 한평생을 산다는 것 쉽지 않지 생색내지 않고 꽃을 피운다는 것 얼마나 어려우랴 그렇지 않다고 말할 입 없는 채송화, 보아주는 이야 있건 없건 한결같다 왜 꽃밭 안에 발 들여 놓지 못하고 바깥 가장자리에 뿌리내려야 하는지, 봉숭아 백일홍까지 손 잡아 주지 않은 채 해도 달도 못 보게 막아서일까 늘 잡초와 함께하는 채송화, 메꽃 나팔꽃이 하늘 높은 줄 모르고 올라가도 낮은 자리 지키며 꽃을 피운다

천사의 나팔 향기

두 천사 우리 집에 살고 있다 지인이 경영하는 꽃집에서 온 천사, 나팔을 불고 있다 한 천사는 황금빛 나팔을, 다른 한 천사는 분홍빛 나팔을 불었으나 향기는 같았다 계절 가리지 않고 겨울에도 나팔을 불던 천사가 어느 날부터 시름시름 앓았다 물만 먹고도 생기롭던 초록 날개 탈이 난 것이다 나팔 부는 것까지 멈추어 꽃집 주인의 도움을 받아야 했다 아픈 곳에 약을 뿌리자 보름쯤 지나 새 날개가 돋았다 영양 보충까지 해주었더니 다시 나팔을 불기 시작했다 맑고 고운 향기가 집안 가득 넘쳐흘렀다

호박벌 스피커

마당 가 호박 넝쿨이 앞뒤 재지 않고 뻗어간다 호
박 두 포기가 집을 덮을 기세여서 가끔 넝쿨 끝을 되
돌려 길을 막는다 호박이 넝쿨째 굴러오는 요행은 없
어도 호박잎 반찬에 만족한다 해마다 뒤란에 심었으
나 애호박 몇 개 얻을 뿐이어서 집 앞에 심었더니 보
는 재미 쏠쏠하다 호박 넝쿨은 바닥을 기는 것만 좋
아하는 게 아니다 다섯 그루 가죽나무를 타고 올라가
잘난 꽃 피운 것이 오래된 스피커 같다 호박꽃도 꽃
이냐는 농담, 입에 담지 말자는 호박벌의 방송 소리
햇살에 퍼진다

우리 집 코스모스

　약하지 않다는 걸 보여주고 싶었을까 코스모스, 뙤약볕에 맞서 이른 꽃을 피웠다 가을꽃 미리 다 피우면 어떡하느냐는 말 듣지 않는다 추석을 맞으며 꽃 잔치 여는 코스모스 달빛 아래 분위기를 이어간다 비바람에 쓰러진 날 있었지만 오늘 밤은 구김살 하나 없이 밝다 우리 집 코스모스는 수십 년 같이 살아서일까 예쁘다고 말하지 않아도 고개를 끄덕인다 신의 습작품으로 태어나 모방할 수 있는 우주의 걸작품이 된 우리 집 코스모스

제2부

산수유 봄소식

봄소식은 이렇게 전하는 거야, 말이 아닌 행동으로 전하는 거라고 산수유나무 서둘러 봄빛이다 사회적 거리 두기가 다섯 이상 한 자리서 밥도 먹을 수 없게 만들었다 몸은 멀리 마음은 가까이, 이건 또 어느 나라에서 온 말인가 고향의 부모조차 만나지 못하게 막아 설날이 여행하는 날로 바뀌고 말았다 관광버스 한 번 못 타보고 일 년을 난 우리들 마스크 벗어버릴 날 언제일까 올봄은 코로나 백신 접종 소식이 봄소식을 앞서지만 산수유나무 여전히 봄소식이다

봄의 속마음

민들레는 봄의 속마음인가, 풀밭이든 돌밭이든 후미진 길가든 마다하지 않는다 봄이 와서 가기 전 두 번이나 꽃을 보여 준다 첫 번째는 남을 위하여 두 번째는 자기를 위하여 봄의 품에 안겨 꽃을 피우는 것이다 눈에 띄는 고운 꽃 지고 나면 그 자리에 솜털 같은 깃 달린 씨앗들로 지은 꽃이다 초월의 경지에 닿지 않고서야 어찌 저와 같은 꽃 보여줄 수 있으랴 비행 준비 마친 민들레 저리 가벼운 꽃 혼자 보기 아깝기만 하다

햇살 한 아름

우리 같으면 그러겠지, 꽃이면 뭐해 보아주는 이 없는 걸, 꽃철이면 또 뭐해 벚꽃에만 구경꾼이 몰리는 걸, 자두꽃 복사꽃이 여러 가슴 흔들어 놓는 걸, 그래서 샘이 나 견딜 수 없는 걸, 그러나 아니다 제비꽃은 우리와 같지 않다 그늘 없이 밝은 낮빛만 보아도 알 수 있지 않은가 꽃밭의 주인공은커녕 들러리 한 번 서보지 못하였지만 그게 대수랴 풀밭도 좋고 돌밭도 좋다 이 세상에 꽃을 보여줄 수 있다는 게 너무너무 좋다 그렇지, 하늘이 알아주어 날마다 햇살 한 아름 안겨준다

빨강 꽃

봄비 다녀간 꽃밭에 꽃씨를 뿌렸다 코스모스 봉숭아 백일홍 세 가지 꽃씨, 봉지마다 '빨강'이라 표시한 꽃씨이다 코스모스 봉숭아는 해마다 꽃씨 뿌리지 않아도 봄 햇살이 겨울잠 깨워 불러낸다 때가 되면 꽃을 피우지만 흰색 분홍색이 대부분이어서 백일홍과 함께 꽃 색깔을 바꾸기로 한 것이다 나이 들수록 밝고 고운 옷 입어야 한다는 말 틀린 말 아니다 흰색도 분홍색도 연두색 못지않게 좋아한 색깔인데 생각이 달라졌다 집에서는 빨강밖에 모르는 홍매화 영산홍 끈끈이대나물까지 주인을 반겨주니 웃음 헤퍼지는 것은 당연한 일이다

도라지 농사

　대문 옆 오래된 코스모스 자리 도라지가 차지했다 밭 흙 한 경운기 싣고 와 돋우자 도라지를 심고 싶다는 아내, 변두리로 밀려난 코스모스 내색하지 않으나 한 식구가 된 도라지 주목받는 표를 낸다 코스모스에 앞서 꽃을 보여주는 도라지, 나는 흰색 보라색 꽃에 눈이 가고 아내는 흰 뿌리에 더 마음이 간다 흙이 품어 키우는 뿌리 이듬해 가을은 되어야 볼 수 있지만 재미있나보다 누구나 지을 수 있는 손쉬운 도라지 농사, 내가 아니어도 햇볕 바람 비까지 나서 도와주니 가치 있는 농사임이 분명하다

개망초의 농사

　배운 게 농사일밖에 없다더니 일하지 않고 어디로
갔을까 지난해도 지지난해도 밭을 놀리더니 올해도
또, 기운 없어 농사도 못 짓겠다는 말 빈말이 아니었
던가 기름진 밭 버려두고 자식 따라간 것일까 요양원
신세 지다가 그마저도 싫어 일이 없는 곳으로 간 것
일까 농작물 자라는 데는 발붙이지 못한 개망초, 빈
밭으로 버려두면 욕먹는다고 꽃으로 덮었다 사람 손
길 가지 않는 밭을 꽃밭으로 가꾸었다 제발 일 좀 그
만하라는 자식들의 말 귓전으로 듣는 농심처럼, 불볕
더위 이기며 땅을 지킨다

잡초의 농사

자두밭의 잡초 제 세상 만난 듯이 기세등등하다 자두 농사 짓고 잡초가 이렇게 무성한 진을 친 것을 처음 본다 두어 달 이어진 무더위에 수확 끝난 자두밭을 나 몰라라 했더니 어쩌면 좋은가 자두나무가 잡초 눈치를 보고 있다 이러다 자두나무 쓰러지는 것 아닌가 살펴보니 자두나무 잎이 더없이 싱싱하다 해마다 응애 피해를 입어 걱정이었는데 잡초가 응애를 막아준 것일까 거름이며 햇살까지 나눠 먹은 잡초가 그냥 있어 되겠느냐고 자두나무를 돌봐준 것일까

수선화 꽃잎처럼

"선생님의 꽃에 대한 사랑은 끝이 없네요 비에 관해 쓰면서도 결론은 꽃ㅎ" 김천문화학교 시 창작반 수강생이 카톡을 보냈다 비가 너무 곱게 와서 엉덩이를 도닥여 주고 싶었다는 말 전해준 여성, 「비의 등」이라는 시를 지역 신문에서 읽었나보다 꽃의 말 듣는 시간이 많기 때문일까 그다음 주 신문에 발표한 시 제목도 「빨강 꽃」이다 코스모스 봉숭아 백일홍 꽃씨, 빨강 꽃의 씨만 받아 우리 집 꽃밭에 뿌렸다는 내용이다 "정열을 품고 싶은 마음이 살짝 엿보이는데요ㅎ" 그가 또다시 보낸 카톡이 수선화 갓 핀 꽃잎처럼 맑게 읽힌다

오로지

꽃철이면 연둣빛으로 달아오르는 표정을 보아 알 수 있다 산에게도 잘 보이고 싶은 대상이 있다는 것이 틀림없다 눈보라 앞에서도 식지 않는 가슴으로 여러 꽃이 감당할 수 없는 무언의 빛깔을 하고 있다 산에게도 눈 맞은 짝이 있다니, 단풍철마다 뜨거운 산의 등허리를 보라 손 한번 잡을 수 없지만 사랑의 구부 능선에 빠질 수 있다니, 산이 언제나 청춘인 것은 이 때문이겠지 오로지 한 산에게만 눈길을 주기 때문이겠지

하늘 가슴

비를 볼 수 없어 속이 탄다 꽃밭엔 사흘돌이로 물을 주어도 그때뿐이다 백일홍은 두 뼘 남짓한 전에 없이 작은 키에 꽃을 피웠다 가뭄에 강한 채송화 물기 없는 땅에서 초록빛 이어가고 봉숭아 분꽃은 목숨만 부지하는 듯하다 잔디 잎이 말라 물 흠뻑 주었으나 생기를 잃었다 자두밭엔 밤낮없이 관수작업을 하지만 잡초와 나눠 먹기에 턱없이 부족하다 매실 두 바구니 딴 아내 비 예보가 있다고 전해준다 망종 무렵의 비구름 낀 하늘 가슴, 눈길을 뗄 수가 없다

웃는 방법

　우리의 누나들 표정은 시골집 담장에 기대어 핀 접시꽃과 같았다 그 시절 누나들의 꿈은 맨밥이라도 배불리 먹는 것이었다 주머니가 비어 나들이하기 쉽지 않았고 영화 구경은 사치였다 전기가 들어오지 않아 라디오도 텔레비전도 모르고 살았지만 뙤약볕 아래서 밭일 마친 후 밤마실 가는 발걸음은 가벼웠다 또래끼리 모이면 시간 가는 줄 몰랐다 만날 때마다 마음껏 웃어도 웃을 일 남는 것까지 접시꽃 웃는 방법과 많이도 닮았다

시인의 선물

　보고 싶은 군자란꽃 우리 집에서도 볼 수 있다니,
김천문화학교 문예창작반 수업 시간 「군자란 부자」
시를 써온 수강생이 선물한 것이다 믿기지 않았지만
겨우내 물 주지 않아도 죽지 않는다는 군자란, 화분
하나를 바랐으나 둘을 주며 꽃이 다르다고 핑계한다
삼십여 년 전 군자란을 가꾸어 본 적 있었지 꽃 한 번
보여주고는 뿌리가 썩어 죽고 말았지 물 빠짐이 좋지
않은 밭흙으로 분갈이한 데다 물을 너무 자주 준 탓
이다 물은 맛도 보지 못한 듯 가벼운 군자란 화분을
차에서 내리기 바쁘게 물 서너 바가지 주었으나 굵은
산흙이어서 금세 빠지고 말았다 목이 심히 말라도 낯
빛 하나 변하지 않는 군자란, 며칠 뒤 여러 송이 꽃 한
꺼번에 보여주었다

눈밭의 수선화

눈밭의 수선화 카톡으로 보내왔다 묵헌 시인이 제
주도 여행하며 선물한 바닷가 수선화 때 이른 꽃 자랑
이다 큰 눈으로 비행기가 뜰 수 없어 설 연휴 여행객
들 발길이 묶였다는 뉴스를 본 다음 날이다 유채꽃밖
에 생각지 못한 나에게 수선화 꽃소식을 전해준 것이
다 시인은 눈밭에 벗어놓은 선녀의 속옷 향기가 수선
화에 감추어져 있다고 너스레를 떤다 잠자리 날개처
럼 가벼운 선녀 속옷 발견한 시인의 눈빛이 궁금하다

한라봉 한 박스

시인이 제주도 여행에서 보내온 카톡이다 입춘 날,
유채꽃은 봄빛으로 빛나고 무잎은 겨울을 이겨 기운
차다 수지 타산이 안 맞아 유채꽃 쉽게 볼 수 없다고
관상용으로만 남아 사진도 돈 내야 찍는다고 했다 그
윽한 향기가 눈을 감긴다며 수선화 사진도 올렸다 공
기업 과장으로 퇴직한 시인이 지자체 과장으로 퇴직
한 아내와 여행 간 지 열흘만이다 한라산의 기운 맛
보라고 한라봉 한 박스 보내왔다 봄 향기 가득 채워
보내왔다

가을 은행나무

늦은 사랑 홀로 불태우는 은행나무, 처음도 좋아야 하지만 끝은 더없이 좋아야 한다는 표현을 하는 거야 넉넉한 그늘 만들지 못하여도 눈길 사로잡는 빛깔을 보면 알 수 있지 수많은 잎을 가지고도 이마의 땀 한 방울 닦아주지 못하는 은행나무, 여러 입을 통해 감탄사를 받아내는 것 봐 눈발이 분위기 흐려놓기 전 모두를 내려놓지 어느 꽃길이 이보다 좋을까, 큰길가 금빛 잎으로 오가는 발걸음 가볍게 하지

제3부

엄마 향기

　엄마~ 봄 햇살 같은 말, 여섯 살까지 입에 달고 살았지만 그 뒤로는 아니다 남편 잃고 두 아이만 보고 살기엔 너무 아까운 나이였을까 어린 자식 남겨두고 남의 아내가 된 엄마, 속으로 미워하며 원망을 키웠다 어느 날 밤, 기별 없이 찾아왔을 때도 싫다며 달아났다 청년이 되어서야 엄마 마음 알았지만 표현할 시간은 많지 않았다 새로 이룬 가정에서 네 아이 시집 장가 다 보내고 남편까지 하늘나라 보낸 뒤 누나에게 엎혀 말년을 산 엄마, 오십 년 가까이 홀로 띠를 덮고 누운 전 남편 생각에 얼마나 아팠을까 마을 앞산으로 두 눈 감고 돌아오신 날, 아버지 옆자리에 눕혀드렸다 때맞춰 꽃 피운 아카시아 참 잘했다고 새색시 적 엄마 향기 전해주었다

백일 붉은 마음 향기

　꽃밭의 주인공이 백일홍으로 바뀌었다 백일을 붉다 보니 주목받는 날이 찾아왔다 봉선화 분꽃은 이미 다 져버렸고 코스모스 국화는 아직 제철이 아니니 꽃밭을 빛내는 꽃이 백일홍 아닌가 맑은 햇살에 웃음을 내비치는 팔순의 누나 같다 화장 않은 얼굴에 마음 향기 은은한 누나는 주인공으로 꽃 핀 날이 있었을까 마을 앞산에 누워 계시는 엄마 보고픈 생각 줄어든 것일까 동생 사는 집 궁금해도 오지 못하는 누나, 백일 붉은 꽃으로 남몰래 피어 오신 처서 무렵의 아침이다

날마다 미소

날마다 꽃을 보여주기 위해 태어났을까 이태 전 만
며느리가 분양해 준 제라늄, 다섯 화분에 붉은 꽃 끊
이지 않는다 여름 꽃인 줄 알았는데 우리 집 제라늄은
사시사철 꽃이다 본향은 남아프리카, 소낙비 온몸으
로 맞고 싶을 때 없었으랴만 이슬비에도 바라만 보았
다 벌 나비와 밀어 한마디 나눈 적 없는 베란다의 제
라늄, 작은 욕심도 없어서일까 앉은 자리 메마른 날에
도 밝은 미소 잊지 않는다

좀 잠잠해지면

　힘센 바이러스는 소소한 일상까지 바꾸어 놓았다
손녀 초등학교 졸업식에 축하하러 가는 것까지 막는
다 "학부모도 참석할 수 없어 도연이 혼자 가기로 했
어요" 맏이의 전화 목소리가 전에 없이 무겁다 지지
난해 손자 졸업식엔 꽃다발 들고 찾아가 '권두현 장래
희망은 야구해설가'라는 영상도 보았는데, 선물이야
훗날 주어도 되겠지만 꽃다발은 안 되겠지 차로 반 시
간 남짓한 거리인데도 졸업장은커녕 얼굴도 보지 못
하게 막는 바이러스, "좀 잠잠해지면 맛있는 것 많이
사줄게" 아내의 기약 없는 전화에 물기가 스며있다

봄의 향기

봄은 새말까지 싹틔우는 계절인가보다 "우리 아빠 돈 너무 많이 쓰는 거 아냐? 얼른 커서 아빠에게 용돈 드려야지" 새 학기가 시작될 무렵 초등학교 5학년 한솔이의 혼잣말이다 이월 한 달 제 동생 윤슬이와 외갓집에서 지내는 중에 맛난 거 자주 사 오는 아빠가 걱정되었나보다 마당가에 화덕 만들어 놓고 구워주는 피자며 삼겹살, 갈비 맛있게 먹으며 좋아하던 한솔이의 걱정은 그다음 주말이다 수산시장에서 모둠회며 멍게, 가리비까지 푸짐하게 사 온 걸 보고 한 말이다 봄은 아이들의 말에도 향기를 더하는 계절인가보다

봄 마중 선물

초등학교 삼 학년 윤슬이 머리끈 열 개 머리핀 다섯 개 선물 받았다 학원까지 쉬며 개학 전 이월 한 달 오빠와 외갓집에 지내러 온 지 닷새만이다 머리끈 챙겨오지 않아 액세서리 전문점을 찾은 외할아버지 방울 예쁜 것을 골랐다 주머니에 넣자 갑자기 입이 가려워져 자랑한 사흘 뒤 받은 뜻밖의 선물, 웃음도 울음도 자주 나오는 윤슬이 입이 다물어지지 않는다 포장 풀기 바쁘게 언니 동생 줄 거라며 골라놓는다 하늘이 이 모습을 엿보았을까 온화한 햇빛이 금방이라도 봄을 데리고 올 것 같다

봄마음

꽃의 날 튤립이 '봄'으로 읽힌다 소리 없이 제 이름을 내고 싶었던 것일까 '봄' '봄' '봄'…… 봄이 여러 손을 빌려 총총 써놓은 이름, 입 다물고 불러도 방실방실 대답한다 입 활짝 열지 않아도 할 말은 다 할 수 있다는 뜻인가 반쯤 연 봄의 입에 향기가 감돈다 화원동산 사문진 나루터에 엄마 아빠와 놀러 간 연수 민수도 봄을 읽었을까 카톡으로 보내온 사진이 꽃은 저리가 라이다 봄은 알아주는 생명에게 제 이름을 걸고 아름답게 하는 계절인가보다

놓친 별

막내가 교수 공채에서 떨어졌다 모 국립대 교수 채
용 최종면접에서 S대 출신에게 밀리고 말았다 지난
해 모교 최종면접에서도 S대학교의 벽을 넘지 못했
는데, 대구교육청 2005학년도 중등교원 임용시험에
서 물리과 최고 성적으로 합격한 막내 "합격할 줄 알
았는데 떨어졌어요" 또 하나의 별을 따려다 하늘 가
까이서 놓친 것이다 "잘했어 고등학교 교사로 있으라
고 하나님이 그렇게 하신 거야" 아내는 "우리 연수 민
수 자주 볼 수 있어 너무 좋다"며 웃었다 "교사가 교
수보다 나는 더 좋다" 말렸으나 말을 듣지 않은 막내
를 위로해 주라고 전화했다 "이사 가지 않아도 되고
저는 좋아요, 아버님 죄송해요" 며느리 전화에 울컥
했다 별 하나 더 따오라고 욕심낸 것 아닌데 왜 이러
지, 왜 말을 잇기가 쉽지 않은 거지

입 가려운 시간

막내아들이 2022년 올해의 과학교사상을 받았다
포상금 오백만 원에 해외연수 특전까지 주어진 상이
다 경북대학교사범대학 부설고등학교 3학년 담임을
맡고 있는 막내, 지난해는 우수물리교사상을 받더니
올해는 더 큰상을 받았다 대구광역시교육청 2005학
년도 중등교원 임용시험에서 물리과 응시자 중 가장
높은 점수로 합격한 막내, 노는 것 좋아하는 막내가
그 많은 공부 언제 다 하였을까 영재학교 대구과학고
등학교 3학년 부장을 맡고 있으면서 교육학박사 학
위를 취득하였지 뒷바라지 제대로 못 한 아버지 부
끄러워하지 않고 꽃처럼 은근히 입이 가려운 시간을
안겨주었다

즐거운 걱정

너무 애처롭지 않은가 붙잡을 것이 없으면 부엌에
도 갈 수 없는 사람을 방문턱에 걸려 넘어지게 하다
니, 여든한 살 우리 누나 무릎 통증 이기지 못하여 수
술할 날 받아놓고 오른팔이 골절되었다 한 달 가까이
앉고 일어서는 것조차 맘대로 하지 못하던 몸이 119
구급차에 실려 응급실로 갔다 입원한 이튿날 부분 마
취로 뼈에 쇠를 넣어 고정하는 수술 마친 누나, 너무
오래 살아 동생들 걱정시킨다며 눈물을 글썽인다 홀
몸 되어 찾아온 우리 엄마 생을 마감할 때까지 극진
히 모신 누나, 딸 노릇 제대로 한 누나 걱정 오래오래
하고 싶다

잠시 미소

며느리 다녀간 뒤 뜬눈으로 밤을 지새운 할머니 입 굳게 다물고 있다 도대체 무슨 일이 있었기에 말 붙일 수 없이 누워만 있을까 구순 넘긴 할머니 딸과 같이 있으라고 며느리가 나선 것인데, 할머니보다 신수가 훤해 보이는 같은 마을의 누구누구도 요양보호사가 돌보고 있어 주선하는 것인데, 할머니는 이웃 할머니 생각이 났던 것이다 그 할머니 요양원에만 가지 않았어도 아직 저세상 사람은 되지 않았으리라 믿는 것이다 그날 저녁 큰딸이 찾아갔다 요양원엔 가지 않는다고, 등급 받으면 딸이 요양보호사로 있어도 나라에서 월급을 준다고 달랬다 너무 오래 살아 자식들에게 짐만 된다고 투정하는 할머니 얼굴에 잠시 미소가 번졌다

11일의 신랑 신부

　세 번째 주례 삼월에 섰다 두 번은 이미숙·백정연 시인의 자녀, 이번은 처조카 임채훈과 박서진의 결혼식이다 그것도 숫자 중 첫째인 1자 한 쌍이 신랑 신부처럼 같은 모습으로 서 있는 11일, 청첩장에 "싸우더라도 금방 화해하고 잘 살겠습니다"라고 쓴 새 부부의 주례에서 세 가지를 부탁했다 부모 사랑, 자기 사랑, 자식 사랑 숙제를 낸 것이다 부모에게 진 사랑의 빚을 갚아가는 것이 부모 사랑, 부부의 연을 맺은 상대를 사랑하는 것 또한 자기 사랑이다 자식 사랑은 사랑할 자식을 둘 이상 낳아야 한다는 것이다 결혼식 끝나고 돌아오는 길가의 건실한 나무들, 신랑 신부처럼 태양을 향해 걸어가고 있었다

서울에 없는 집

　제비가 집 한 채 지어놓았다 서울에서는 볼 수 없는 집, 시골에 지은 것이다 흙 한입씩 여러 날을 물어왔으니 얼마나 힘들었을까 슬래브 지붕 한 뼘 아래 소박한 집을 발견한 건 소서 무렵이다 난생처음 제비집을 본 손주들 친구 만난 듯 반가워하지만 어미 제비 무안한 눈치이다 고양이도 뱀도 침범할 수 없는 자리에서 새끼 편안히 품을 수 있겠다 제비집 짓기를 기다린 마음 알아서일까 전선에 앉아 놀기만 해도 반가운 제비가 집까지 지어놓았다

제비 세 마리

　현관문 앞에 똥을 누는 제비, 밉지 않다 유월 초 땅
거미 질 무렵이면 찾아와 자고 가는 제비 반갑기만 하
다 아내는 저녁이면 "제비야 잘 자~" 아침이면 "제비
잘 잤어?" 손주들에게 말하듯 한다 제비 역시 알아들
은 듯 고갯짓을 한다 어미 품 벗어나 허해서일까 현관
전깃줄에 앉아 몸을 밀착시키는 제비 세 마리, 나란히
같은 쪽에 머리를 두고 있다 가끔 돌아앉아 반대쪽에
머리 두는 녀석도 있지만 서로의 몸 닿는 일 잊지 않
는다 어느 날 불현듯 이 집을 벗어나 낯선 처마 밑을
떠돌겠지 희귀종이 되어가고 있기 때문일까 밤똥 참
지 못하는 제비에게 눈길 주는 이 많다

참새 손님

참새 수십 마리 찾아왔다 날이 새기 바쁘게 놀러 온 조무래기들 제 세상 만난 듯하다 온 데가 놀이터 인 산을 벗어나 또래끼리 놀고 싶었을까 산 아래 작 은 터알이 눈에 들었을까 목백일홍 능소화 목련…… 매실나무 앵두나무 단감나무 손뼉 치며 반기지만 잠 시도 그냥 있지 못한다 고추 고랑 감자 고랑에서 놀 다가 뒤도 돌아보지 않고 사라진다 빈집이 늘어가고 둘이 아니면 혼자서 늙어가는 마을의 끝 집이다 코로 나로 손주 얼굴 보기 힘들지만 참새가 빈자리를 채워 준다 참새들 안 오는 날은 터알이 한없이 넓어 보인다

새소리 부잣집

경계가 분명하지 않아 산처럼 보여서일까 꽃나무 과실나무가 작은 숲을 이룬 집에 새소리 가득하다 멧새는 스스럼없이 드나들며 상추 배추 심어놓은 자리에서 수다를 떤다 "저기 좀 보세요 백 마리는 되겠어요" 며늘아기 가리키는 차고 지붕에 모인 참새들 할 말이 많은 듯 너도나도 한다 멧비둘기는 구성진 가락을 산속에서 내려보내고 뻐꾹새는 몸을 숨긴 채 경쾌한 반주를 넣는다 소쩍새와 달리 이따금 집에도 찾아오는 까치 반가운 소식 전하기에 바쁘다 다른 새와 놀지 않는 제비 아예 집을 지어놓고 옛이야기 풀어낸다

제4부

울음의 시

운달산 기슭의 매미들 올여름도 울면서 반긴다 우
리 엄마가 그러했다 반가우면 말보다 울음이 먼저 나
왔다 해병대 첫 휴가 나온 아들을 부둥켜안으며 울었
다 아들은 엄마가 산에 잠든 시간 소리 없이 울었다
엄마를 만나보지 못한 매미 왜 울기만 하는 걸까 그
의문을 김용사 앞 계곡 그늘에 누워서 풀었다 매미가
우는 것은 시를 쓰는 것, 이방인을 위해서도 시를 쓰
는 것이다 금방 사라질 메아리에 목숨 거는 매미, 일
생을 울며 시를 쓰는 매미 앞에 부끄럽다 울음의 시
를 써본 적 없는 시인이 울음의 시에 귀 젖고 있기에

겁먹은 눈

북극한파가 마을 앞 못을 거대한 얼음덩어리로 바꾸어 놓았다 낯선 차에서 내린 장정 둘이 얼음을 깨고 있다 구멍을 뚫어 얼음 속에 갇힌 붕어를 잡으려는 모양이다 간혹 낚시꾼이 찾아와 밤을 지세는 것은 보았지만 못의 중심을 뚫는 것 처음 본다 얼음 풀리기를 기다리던 붕어 숨 한번 크게 쉬어보겠다고 입 내밀다 깜짝 놀라겠지 출근길에 잠시 지켜보았지만 붕어의 겁먹은 눈이 저녁까지 아른거린다

주름의 시작

언제부터 주름이 시작된 것일까 아침 거울 앞에서
일흔여섯 살 이마에 놓인 주름을 보았다 양 눈썹 위
에 자리 잡은 주름, 갱지 위에 연필로 그어놓은 한일
(一)자처럼 어색하고 낯설다 "아니, 내 이마에도 주
름이 생겼네" 흐릿한 목소리에 위로가 필요했을까
"나이가 몇인데 그래요?" 되묻는 여덟 살 아래 아내
"내 이마의 주름도 좀 가져가요" 웃음을 날린다 "그
래도 나이에 비해 젊어 보인다"는 아내의 농담이 귓
불에 쟁쟁하다

맨입

쥐 잡으려 놓은 강력 끈끈이에 참새가 잡혔다 발버둥 치는 것도 쉽지 않아 발발 떨며 우는 참새, 몇 시간을 그러고 있었나보다 너무 불쌍해서 두고 볼 수 없다는 아내, 어떻게 좀 해보라며 고개를 돌린다 식구와 같은 참새를 속여 쥐 대신 잡다니, 급히 손을 써보았으나 이미 늦었다 제발 살려달라는 참새의 울음에도 끈끈이를 접고 말았다 이 장면을 지켜보던 참새 여남은 마리 대신 울었다 고양이가 있었으면 이런 사고는 없었을 텐데, 어떻게 된 까닭인지 동네 고양이가 모두 사라졌다 쥐가 나타나자 가장 민감해진 것은 몸집 작은 우리 집 개다 쥐가 몰래 밥을 축내는지 밥그릇을 제집 앞으로 당겨놓기 일쑤더니 참새 죽은 이튿날 쥐를 잡았다 쥐는 이렇게 잡는 거라고 맨입으로 잡아 놓은 것이다

직지천 물청소

직지천에 청둥오리 놀고 있다 여남은 마리씩 어울려 놀고 있다 놀면서도 눈은 물속에 가 있어 물고기 만난 듯 연신 잠수를 시도한다 번번이 허탕을 치지만 시간 가는 줄 모른다 노는 게 일인 청둥오리의 세계엔 정치라는 게 없고 쌈박질 또한 없다 미워하고 욕하는 것은 사람들의 일, 겨우내 같이 놀아도 어깨 한번 부딪히지 않는다 청둥오리 놀다간 자리 맑고 깨끗하다 직지천 물청소는 알아주어야 한다

예외

아니 이게 뭔가 단풍이 들락 말락 할 즈음에 된서
리가 내렸다 며칠째 때아닌 추위까지 파고들어 하늘
의 표정이 어둡다 얼마나 놀랐을까 빼어난 문장 펼쳐
보이려던 나무들 하나같이 풀이 죽었다 코로나 시대
에도 거리 두기는커녕 찾아오는 새 한 마리 내치지
않던 나무들 속수무책이다 나뭇잎 다 얼어 어쩌나 걱
정하는 소리 들은 단풍나무가 예외는 있는 거라고 위
로의 말문을 연다 조금만 더 기다리면 은행나무가 노
랑 잎을 쏟아낼 거라고, 벚나무도 적지 않은 빨강 잎
을 보여줄 거라고

저녁의 전화

얼굴 뵌 적 없는 세 살 위 시인에게 전화를 드렸다
이틀 전 구입한 오순택 열여덟 번째 동시집 『풀꽃과
악기』 감동에 겨워서이다 누구시냐는 물음에 모르실
거라며 이름을 대었더니 뜻밖이다 잘 알고 있다며 발
표된 시도 여러 편 읽었다고 반가워하신다 나와 같은
문예지로 등단하여 동시를 쓰기 전 시를 썼다는 오 시
인, 작품이 너무 좋다고 말씀드리자 동시집 몇 권 선
물해 주시겠단다 저녁밥 짓는 연기처럼 기분이 벅차
올라 동시집을 다시 펼쳤다 풀꽃과 나비와 새들을 불
러들이는 이토록 맑은 동심이 또 어디 있으랴

가을날 코스모스

선생님 아프다는 소식에 가슴이 철렁했다 웃으시는 모습까지 코스모스 꽃을 연상시키는 김규화 선생님이 폐암 3기라니, 1971년 창간된 『시문학』을 1977년 인수해 매월 한 호도 거르지 않고 발행(2022년 9월 통권 614호)하시느라 너무 힘들어서일까 이태 전 문덕수 교수님이 눈을 감으시어서일까 "선생님은 아프면 안 되잖아요" 전화에 "치료 잘 받을게요"하는 말씀이 말을 이을 수 없게 한다 쉬지 않고 날마다 출근하신다는 선생님, 가을날 코스모스 같은 시를 쓰니 건강 되찾는 건 시간문제겠지 시에 빠져 살도록 이끌어주신 선생님이 자꾸만 보고 싶다

*1939년 전남 승주에서 출생한 김규화 선생님은 2023년 2월 12일 별세하셨다. 『시문학』 2023년 2월호(통권 619호)를 만들고 손을 놓으시어 종간되었다.

겨울 햇살 아래

시인 넷이 점심 하러 가는 승용차가 병원차 같다 아픈 데가 자꾸 생기는 나이이기 때문일까 서로 건강 걱정해 주기에 바빠 다른 이야기는 할 틈이 없다 운전석엔 칠십 대 초반이 조수석엔 칠십 대 후반이 이따금 웃음소리를 날린다 뒷좌석에 탄 칠십 대 중반 둘은 병원 출입 잦은 표가 뚜렷하다 차를 타고 내리는 데도 시간이 걸린다 오른쪽 뒷문으로 내린 이는 지팡이를 짚었고 왼쪽 뒷문으로 내린 이는 목도리를 둘렀다 우리 나이엔 누워 있지 않은 것만 해도 다행이죠? 아픈데 없는 겨울 햇살 맞으며 남몰래 울컥했다

이런 겨울 처음 봐요

눈 밟아보지 못하고 겨울을 보낸다 비 맞아보지 못하고 봄을 맞는다 이런 겨울 처음 봐요, 아침 뉴스에서 의성 마늘밭 농부의 말이 탄식조로 들린다 하늘마음 변한 걸까 연일 건조주의보에 바람까지 거세다 전국 곳곳 산불을 잡으려고 수많은 헬기까지 나서지만 번지는 불길 잡지 못한다 자두밭에 뿌려놓은 비료는 보름이 지나도 녹지 않는다 이런 분위기에도 자두나무 꽃눈 열리려나 농사 지어본 적 없는 누나까지 전화할 때마다 가뭄 걱정이다 목소리 큰 사람들이 많아서일까 경칩에도 개구리는 깨어나지 않는다

글의 효과

구순의 이웃 할머니 예뻐 보인다 손주들이 집집마다 선물한 수건의 축하 글 덕분일까 "인생은 90부터/예쁜 지○○ 여사" 두 줄에 불과한 짧은 글이 가슴 울리는 시구(詩句) 같다 한평생 가난 속에 살아온 할머니 난생처음 "여사" 소리 듣는다 마음이 꽃 같으면 저와 같은 문장이 나올까 몇 번이고 되뇌자 딸이 그런다 "선물 전문 업체에 맡기면 다 해줘요" 예쁘다는 말 들어본 적 없는 할머니 이제부터 시작이다 손주들 축하 글 덕분에 예쁜 지○○ 여사로 날마다 행복하게 살아갈 수 있게 되었다

긴장의 힘

긴장에는 놀라운 힘이 있다 죽은 자두나무 베어낸 자리에 심은 묘목이 알려주었다 길게 이어진 가뭄으로 땅은 타들어 갔다 이러다 다 죽는 게 아닌가 걱정하는 소리 들었을까 여린 잎사귀 한두 장씩 보여주었다 장마 끝난 한 달여 뒤 큰비가 왔다 오다 말다 연일와서 해갈되었다고 좋아했더니 그게 아니다 잎사귀죄다 사라지고 자두나무 묘목 여남은 그루 다 죽고말았다 극심한 가뭄에도 살아남을 수 있게 한 긴장의힘, 죽음으로 알려준 거다

문패 대신

　태촌2길 최초로 감시용 카메라를 설치했다 봄 햇살 아래 양상군자 한 분이 다녀간 까닭이다 문단속하지 않고 집을 비워도 도둑맞은 적 없는 집 장독의 간장을 퍼가다니, 몰래 한 말쯤 가져간 심정 오죽했으랴 남겨 두고 간 간장을 먹어도 될까 고민하다 남 의심하는 것도 죄(罪)다 싶어 감시용 카메라를 설치했다 아이들이 휴대폰에 앱을 깔아주어 언제든 집을 살펴볼 수 있게 되었다 현관이며 마당과 골목까지 또렷하고 흘러간 시간도 생생하게 되돌려 볼 수 있다 '감시용 카메라 녹화 중'이 문패를 대신해 시인의 집 같지 않다고 말하고 싶었을까 손탈 일 없는 붓꽃이 입을 삐죽 내밀었다

어둠의 틈

밤손님이 다녀갔다 승용차에 넣어둔 현금이 봉투째 없어져 CCTV를 확인하다 보았다 두 시 삼십 분경 모자를 눌러쓴 남성이 차고로 들어가 머물다 갔다 집에서는 차 문을 잠그지 않는다는 것, 교회 재정 관리하는 사람 차라는 것 어떻게 알았을까 교인들이 헌금한 것을 월요일 아침 통장에 넣으려고 보니 없어졌다 112에 신고하여 경찰관이 몇 차례 다녀갔으나 쉽지 않다 어둠을 틈탄 남성을 이기지 못하여 교회 통장에 입금 처리했다 우산으로 상반신을 가리고 나간 자취가 풀 수 없는 문제지 같다

포옹의 선물

중형승용차에 넣어둔 현금 도둑맞은 지 반년이 지나 세종 남부경찰서에서 전화가 왔다 차량털이범을 조사하다 보니 우리 교회 헌금도 가져갔다는 것이다 경찰은 피의자의 어머니에게 연락처를 알려줘도 될지 물었다 그러라고 한 이튿날 서울에서 온 그이는 아들이 가져간 전액을 통장에 넣어주었다 자식에게 사랑을 많이 주지 못한 잘못이라는 소리 들으며 합의서를 써주었다 합의해 주지 않은 사람들도 있다지만 나는 신분증 사본까지 건네주었다 재판에 넘겨진 지 달 포쯤 되었을까 아들이 집행유예로 풀려났다는 목소리에 온기가 묻어났다 밤잠 못 자고 남의 집 기웃거리기엔 너무도 아까운 CCTV 속 청춘을 꼭 껴안아 주고 싶다 그 쓰라린 벗에게 뜨거운 포옹을 선물하고 싶다

제5부

따스한 농담

겨울 막바지, 설한의 추위가 봄을 막아선 어느 날 소년이 물었습니다 "춥지, 그래도 봄은 곧 오겠지?" 말이 채 끝나기도 전 소녀가 대답했습니다 "너는 언제나 따스한 봄이야" 농담도 해석으로 더욱 빛나기도 하는 것이어서 소년의 얼굴엔 잠시 홍조가 번졌습니다 소년은 그만 봄을 자기 것으로 지키고 싶은 욕심이 생겼습니다 소년과 소녀는 아무런 사이도 아닙니다 그러면서도 소년은 소녀의 따스한 농담 한마디에 하늘을 나는 꿈을 꾸어보는 것입니다

아름다운 답문

　새해 첫 아침 혼자 보기 아까운 카톡이 왔다 "허락하신다면, 저희가 대신 늙을 테니 선생님께서는 올해부터 늙지 마세요" 열여섯 살 아래 시인이 보내온 카톡이다 올해 신춘문예 심사한 것 당선작 발표에서 알고 축하의 뜻을 전하자 답을 한 것이다 수식 없는 문장이 이토록 아름답다니 대신 늙겠다는 시인이 있으니 나는 이제 쓸쓸하지 않아도 되겠다 홀로 아프지 않아도 되겠다

그때 소문

모자라는 것에 더 마음이 간 걸까 일 년 열두 달 중 날수가 조금 모자라는 이월 초입에 입춘이 찾아왔다 추위를 타지 않는 목련 꽃망울 조금 더 부풀었고 눈서리에 놀라지 않는 매화 꽃봉오리 열릴 날 임박했다 겨울 속 봄 탄생에 힘을 보태는 것이다 문득, 장모님과 자주 만나는 사람들 사이에 모자라는 사위로 소문난 신혼 시절이 생각났다 뒤늦게 아니라는 말 귓전으로 들은 때문일까 결혼 오십 년에 이르도록 달라지지 않았다 자식 자랑 손주 자랑 부끄러운 줄 모르는 것, 모자람의 미학을 즐기는 것 보면 그때 소문은 정확하다

봄기운

맨 앞은 욕심낼 자리 아니다 서로 차지하겠다고 겨루거나 다툴 자리 아니다 일등보다 이등, 맨 앞보다 그다음 자리가 바람을 덜 타지 일월이 아닌 이월에 두 번째 절기 우수가 차지한 것 보면 알 수 있다 비 우(雨) 물 수(水) "우수~ 우수~" 소리 내어 읽으면 금방이라도 비가 오고 물이 흘러 봄기운이 넘칠 것 같다 입춘에도 기를 펴지 못하던 나무들 설레는 가슴 주체하지 못한다 꽃눈 잎눈이 열려 움츠렸던 우리에게 기분 좋은 봄을 선물할 것 같다 나이에 상관없이 해마다 청춘으로 힘이 솟는 나무들 우수와 같은 존재를 꿈꾸어 보는 것이다

맑은 웃음

"저 영감은 왜 맨날 우리한테 와서 저러고 있는 거야" 김천문화학교 시 창작반 열두 살 아래 수강생 말이다 언젠가 찾아올지도 모를 미운 치매의 날을 상상한 것일까 농담을 가볍지 않게 날려 한바탕 웃었다 모두 여성인 다움문학회 회원들과 함께 보낸 세월이 이십오 년, 매주 점심밥 한자리서 먹는 사이이기 때문일까 표정만 보고도 마음을 읽는다 어쩌다 시에 깊이 빠져들었을까 작은 아픔도 함께하는 가족 같은 사이가 되었을까 스승과 제자의 인연 질기기만 하여 언제까지 시를 가르칠 수 있을지 몇 자 고쳐 해보려던 농담, 맑은 웃음에 그만두고 말았다 "저 할멈들은 왜 자꾸 나한테 와서 이러고 있는 거야"

바람의 귀

언제 이렇게 많아졌을까 김천문화학교 시 창작반
수강생들 나이가, 코로나로 삼 년 만에 간 문학기행,
마흔 명 중 절반이 일흔을 넘었다 석정문학관 갔다
가 당나라 장군 소정방이 시주했다는 내소사에서였
다 입장권은 스무 장만 구입하면 된다는 말, 몇 년 가
지 않아 열 장도 많겠다는 말, 바람 귀에도 들어가 웃
었겠다 이십오 년 차 다움문학회, 이십 년 차 텃밭문
학회, 십오 년 차 여울문학회 회원들 어린 시절 소풍
나온 기분이다 우리 매년 꽃철 단풍철에 문학기행 가
요, 깔깔거리며 하는 말에 좋아요, 다들 맞장구쳤다

연화지 입춘

꽃 시절 보낸 연 같지 않다 저도 모르게 깊이 내린
발 빼지 못하여 머리 처박은 연들이 기합받는 훈련병
들 같다 해병대에 입대해 진해 신병훈련소에서 한겨
울 바닷바람 맞으며 원산폭격 한 기억 새롭다 정신
바짝 차려도 한 사람만 잘못하면 단체 기합을 받았
다 원산폭격 자세로 교관의 구령에 따라 〈해병대 곤
조가〉 악을 쓰고 불렀다 "흘러가는 물결 그늘 아래 편
지를 쓰고요……" 〈부라보 해병〉 개사한 대한민국 해
병대의 비공식 군가 연화지에서 듣는다 입춘 무렵 홀
로 찾아가 오륙십 년 전 부른 군가, 연을 통해 듣는다

향기의 힘

두 번 연속 나의 시로 큰상을 받았다 칠곡에 사는 정연숙 시인, 경북문인시낭송올림피아드에서 지난해는 「엄마 향기」로 최우수상, 올해는 「백일 붉은 마음 향기」로 대상을 받았다 나 세 살 적 홀로 되어 남의 아내로 산 엄마, 앞산 아버지 옆자리에 눕혀드렸을 때, 아카시아 참 잘했다며 새색시 적 엄마 향기 전해주었다는 「엄마 향기」, 남편 복 자식 복 없어 홀로 사는 누나, 남사스럽다며 오래 오지 못한 동생 집에 백일 붉은 꽃으로 와 있다는 「백일 붉은 마음 향기」, 엄마 누나 생각에 울음 참으며 쓴 시, 향기 더한 낭송으로 빛을 낸 것이다

비의 등

곱게 온 비가 어린 손주처럼 사랑스러웠을까 비의
등 도닥여 주고 싶었다는 오십 대 중반, 포도 농사 지
으며 시 공부하는 주부 말이 귓가에 맴돈다 극심한 가
뭄으로 지친 땅의 마음 알아챈 듯 오기 바쁘게 스며
드는 비, 한 방울도 놓치기 아까운 것 같다 새싹들 다
칠세라 곱게 온 비에 힘이 난 매실나무 꽃소식 전한
다 생강나무 표정은 소풍 가는 아이들처럼 밝아졌고
수선화는 잊었던 애인을 떠올린 듯 꽃 엽서 서너 장
살포시 내밀었다

상강 무렵

꽃시절 지나버린 코스모스, 씨 받을 만큼만 남겨두고 뽑아냈다 낯이 무딘 데다 뿌리 또한 깊지 않아 힘주어 베어내려 해도 뽑히기만 했다 뿌리를 감싸던 흙마저 자꾸 따라 나온다 흙을 털어 제 자리로 돌려보내고 씨 총총한 코스모스 경운기에 실었다 꽃향기 제일이라고 노래했던 시인의 손이여! 익은 씨 그냥 두면 온 집을 차지할 것이니 어쩌랴 경운기에 한가득 실은 코스모스 자두밭 언저리에 포개두었다 상강 무렵의 하늘이 이 광경을 시무룩하게 바라보고 있다

가을 소식

택배로 가을 소식 한 박스 왔다 청도 반시, 씨 없는 감이 가을 소식 안고 왔다 계간 『문학예술』 발행인 이일기 시인이 보내주신 것이다 우리 집 감나무 농약 치지 않는다는 것 알았을까 열린 감 익기 전 다 떨어져 올해도 홍시 맛보기 틀렸다는 것 알았을까 "시골에서 보내드려야 하는 감을 서울에서 보내 주셨네요" 휴대폰으로 감사의 뜻 전하자 "가을 소식이지요" 하신다 고향 청도에 감나무 여남은 그루 있어 보낸 거라는 가을 소식, 말랑말랑하다 일곱 살 위 원로시인의 말씀 절창 못지않게 울림이 크다

오랜 습관

　매일 아침 달봉산을 오르는 최원봉 시인, 대구은행 구미지역부장으로 퇴임한 오십 대 초반부터 칠십 대 후반 지금까지 어김없다 정상에서 쉬는 시간 더해 하루 두 시간 산과 같이 지낸다 새해 첫 아침 금오산 일출 사진을 시작으로 날마다 산의 소식 단톡방에 올린다 그중 자주 휴대폰에 담는 것은 진달래 수달래 찔레 산나리 구절초…… 꽃 사진이다 망개 밤송이 도토리 사진도 올리고 철 따라 다른 빛깔을 하는 산의 표정도 카톡에 올린다 달봉산 소나무와 하루도 만나지 못하면 일이 손에 잡히지 않는다는 것 알았을까 한겨울도 그의 오랜 습관 흔들지 않는다

새 선물을 받고 싶다

해마다 네 번 잊지 않고 선물하던 그였다 명절엔 건강식품을, 오월과 생일엔 셔츠를 선물했다 그의 향기가 묻어나서일까 시창작반 학생들로부터 누가 선물한 것이냐는 질문을 받을 때가 있다 그때마다 그냥 웃으며 출처를 숨기곤 하였다 그러던 것이 이태 동안 선물은커녕 전화 통화도 쉽지 않다 내가 쓴 해설 붙여 시집을 내겠다던 중년의 시인, 요즘은 시를 쓰지 않는 것 같다 마음의 감기 이겨낸 그에게 다시 선물을 받고 싶다 해맑은 웃음이라는 새 선물을 받고 싶다

반세기 전 뉴스

해병 184기 동기회장이 보낸 반세기 전 뉴스다
베트남전에서 전사한 동기가 28명이나 된다는 것,
1966년 12월부터 이듬해 1월까지 진해 신병훈련소
에서 한솥밥 먹은 동기 중 3프로가 남의 나라 전쟁에
서 목숨을 잃었다는 것이다 베트남전에 참가한 김영
환 동기회장이 문자로 보내준 전사자 명단엔 청룡부
대 들어간 지 한 달도 되지 않았을 1967년 2월 24일
전사한 동기, 제대 두어 달 앞둔 1969년 8월 13일 전
사한 동기도 있다 부모 형제 기다리는 고향 땅 밟아
보지 못하고 동작동 현충원에 묻힌 친구여, 해병대사
령부 군수국 행정병이었던 나는 유해 안장 때 묵념만
하고 돌아온 것이 한없이 죄스럽다

고라니가 울고 갔다

고라니 울음소리에 놀라 잠이 깼다 동지 무렵 탱자
울타리 너머 고라니 구슬픈 울음소리, 얼마나 배가 고
팠으면 한밤중에 저리 울까, 걱정을 하자 제 새끼 생
각 때문일 것이라는 아내의 말에 물기가 스며 있다 사
나흘 전 이웃집 개가 뒷산에서 고라니 새끼를 물어 죽
였다고 하니, 말 못 하는 짐승이지만 얼마나 기가 막
혔을까, 배고픔도 무섭지만 새끼 잃은 슬픔에 비하랴
고라니는 울다 갔지만 달아난 잠은 다시 오지 않았다
자두나무 잎 따먹다 눈 마주치기 바쁘게 달아나던 어
미 고라니가 이 깊은 밤을 홀로 울고 갔다

오래 가까운 사이

　누가 심었을까 숲을 이룬 대나무, 뒷산 아래서 시작된 대나무 숲이 마을 어귀까지 내려왔다 폭설에도 아랑곳하지 않는 대나무, 어디서 저런 힘이 나올까 그냥 두면 담을 뚫을 기세다 어느 날 아침 뉴스, 편백나무 못지않게 피톤치드를 만들어 내고 공기정화에도 큰 효과가 있다는 것이다 문학아카데미에서 자랑하니 수강생들 귀가 솔깃하다 "눈 오는 날 꼭 가봐야겠어요" "어찌 시가 나오지 않을 수 있겠어요" "건강하신 이유를 알겠네요" 사시사철 은은한 낯빛으로 꼿꼿한 빈객(賓客)이여, 오래 가까운 사이로 지내서일까 자꾸만 마음이 간다

다채로운 색채의 꽃밭 같은 시집

이성혁(문학평론가)

마음을 따듯하게 해주는 시가 있다. 여기 출간된 권숙월의 열다섯 번째 시집 『오래 가까운 사이』의 시편들이 그렇다. 마음을 따듯하게 해준다는 말은 무슨 의미일까. 일상을 보듬는다는 의미도 있겠다. 삶은 일상을 통해 진행되며 마음은 일상 속에서 일어나고 가라앉는다. 삶에 무늬와 색채가 있다면 일상이 그 무늬와 색채를 만든다. 일상이 따스하게 채색될 때 마음은 따듯해진다. 이 시집의 시편들은 일상을 따스하게 채색하고 일상에 부드러운 무늬를 만든다. 그런데 일상은 산문적이다. 어떤 시적인 것, 즉 정신적 초월이 일어난다거나 격정이 일어나는 일은 일상의 범주에 속하지 않는다. 아마 이런 일들은 사건이라고 지칭할 수 있으리라. 물론 사건도 일상 속에서 불현듯 일어나는 것이긴 하지만, 그것은 엄연히 일상과 구분되는 범주다. 일상을 시화(詩化)하고 있는 이 시집의 시편들은, 일상을 시적인 것 쪽으로 끌어올리긴 하지만 일상을 초월하거나 벗어나지는 않는다. 이 시집의 시편들이 모두 산문시인 것은 그 때문이다. 산문시는 산문적인 일상 속에서 시적인 것을 드러내는 데 적합한 장르인 것이다.

권숙월의 '일상-시'는 일상이 얼마나 소중하고 빛나는 것인지 보여준다. 권숙월 시인은 일상의 풍경 속에서 삶의 철학적 지혜나 아름다움을 발견한다. 아래의 시를 읽어보자.

자리를 탓할 입이 금계국에게는 없다 웃음꽃 활짝 피워 주변을 밝힌다 어디든 발붙이고 살면 그 자리가 좋은 자리, 남 탓하는 입이 있었으면 해맑은 웃음 나누기 어려웠으리 금계국이 잡초가 내민 손 뿌리치는 것 본 적 있는가 피눈물 흘리는 것 본 적 있는가 속울음 삼켜보지 않은 이 어디 있으랴 걱정 없는 이 어디 있으랴 울 일보다 웃을 일이 더 많은 게 세상살이라는 걸 깨우쳐 주는 꽃자리, 그 자리가 어떤 자리이든 웃음꽃 보여주는 날은 나비도 꿀벌도

찾아온다는 것 알 수 있으리

―「금계국 웃음꽃」 전문

이 시집에는 숱한 꽃들이 조명된다. '꽃의 시집'이라고 한 만큼. 이 꽃들은 일상적으로. 언제든지 볼 수 있는 평범한 것들이다. 위의 시는 '금계국'이 관찰 대상이다. 사실 도시에서만 산 사람은 금계국이 어떻게 생긴 꽃인지 잘 모른다. 인터넷에서 검색해 금계국 사진을 보니, 정말 권숙월 시인이 말하는 것처럼 웃는 얼굴의 이미지가 떠올랐다. 입 모양이 보이지 않는데도 말이다. 시인은 이 '금계국' 이미지로부터 삶에 대한 성찰로 나아간다. 입이 없어 남이나 자리를 탓할 수 없었기에 해맑은 웃음을 남과 나눌 수 있는 금계국은 "울 일보다 웃을 일이 더 많은 게 세상살이라는 걸 깨우쳐" 준다는 것, 그리고 그 웃는 얼굴을 보여줄 때 "나비도 꿀벌도 찾아온다는 것"도 알려준다. 물론 금계국도 다른 이와 마찬가지로 "속울음 삼켜"야 하는 일을 겪었을 터, 하지만 삶에는 슬픈 일보다 기쁜 일이 많다는 진실을 자신의 웃음을 통해 보여주는 것이다.

이 시집에는 자연물로부터 삶의 진실 또는 교훈을

길어내는 장면을 여럿 볼 수 있다. 「꽃나팔」에서는 "수난을 당해도 악착같"은 "질긴 생명력"으로 나팔을 부는 나팔꽃, "무시당하고도 기죽는 일 없는 메꽃"이 조명된다. 여려 보이는 꽃들이지만, 자세히 보면 어려움을 이겨내면서 기어코 삶을 가꾸어 나가는, 존경할 만한 의지를 보여주는 존재자들이다. "이룰 수 없다는 것 알면서도" "달을 품으려"(「짝사랑 꽃」)고 하는 달맞이꽃도 그러한 존재자다. "분홍색 선명한 실핏줄"이 저 달을 향해 "허공을 향"하고 있는 달맞이꽃. 달맞이꽃의 이 짝사랑이 "땅이 메말라도 아랑곳 하지 않"고 "반듯한 꽃 피"우는 힘을 끌어올린다. 사랑에 충실할 때 삶은 고통을 이겨내고 자신을 일으켜 세운다는 것을 저 달맞이꽃은 가르쳐주는 것이다. "보아주는 이야 있건 없건 한결같"이 "낮은 자세로 한 평생을"(「낮은 꽃」) 사는 채송화는 어떤가. 꽃밭 안이 아니라 "바깥 가장자리에 뿌리내리"고 "늘 잡초와 함께하는" 채송화. 세상에는 '낮은 자리'가 있고, 이 자리를 누군가가 지켜야 한다면, 채송화는 불평 없이 이 "낮은 자리를 지키며" 더 낮은 곳에 있는 이들(잡초)과 함께하는 삶을 산다.

'찔레꽃'은 "사람 손길 닿지 않는 곳"(「찔레꽃 환한 웃음」)에 자리 잡고 있지만 웃음을 잃지 않는다. "가시 몸을 한 탓"인지 "꽃 얼굴을 하고도 고개 들지 못"하는 찔레꽃은, "쓸모없는 것이 꽃은 피워 뭐하냐"는 소리를 들어도 "환한 웃음의 향기"를 다른 이들에게 전해준다. "풀밭이든 돌밭이든 후미진 길가든 마다하지 않"고 "봄의 품에 안겨 꽃을 피우는" 민들레는 "꽃 지고 나면 그 자리에 솜털 같은 깃 달린 씨앗들로"(「봄의 속마음」) 다시 꽃을 피우고 가볍게 비행할 준비를 한다. 시인은 이 민들레로부터 어떤 '초월의 경지'를 읽어낸다. 봄보다 빨리 와서 봄소식을 전하는 '산수유'도 있다. 몸을 '봄빛'으로 채색하며 봄의 도래를 "말이 아닌 행동으로 전하는"(「산수유 봄소식」) 산수유나무. 이 나무는 역병이 도는 이 시대에도 봄은 온다는 것을 보여준다. 이렇듯 일상에서 흔히 볼 수 있는 꽃들과 나무들은 권숙월 시인에게 삶의 지혜와 교훈을 안겨준다. 이 자연물들은 시인의 일상을 구성하면서 그를 좀 더 깊이 있는 사유로 이끈다. 그래서 시인에게 이 자연물들은 그냥 저기 있는 대상에 그치는 것이 아니다. 나아가 그것들은 시인의 가족처럼 여겨지기도 한다.

꽃밭의 주인공이 백일홍으로 바뀌었다 백일을 붉
다 보니 주목받는 날이 찾아왔다 봉선화 분꽃은 이
미 다 져버렸고 코스모스 국화는 아직 제철이 아니
니 꽃밭을 빛내는 꽃이 백일홍 아닌가 맑은 햇살에
웃음을 내비치는 팔순의 누나 같다 화장 않은 얼굴
에 마음 향기 은은한 누나는 주인공으로 꽃 핀 날이
있었을까 마을 앞산에 누워 계시는 엄마 보고픈 생
각 줄어든 것일까 동생 사는 집 궁금해도 오지 못하
는 누나, 백일 붉은 꽃으로 남몰래 피어 오신 처서
무렵의 아침이다

―「백일 붉은 마음 향기」 전문

백 일 동안 붉게 피어 있다는 '백일홍'. 처서가 다가
오자 꽃밭을 빛내기 시작한다. '금계국'처럼 피어 있
는 자태가 웃는 얼굴 같은 이 향기 나는 꽃에서, 시인
은 수수한 얼굴에 "향기 은은한" "팔순의 누나"를 떠
올린다. 피어난 지 백일이 다 지나서야 "주목받는 날
이 찾아"온 백일홍처럼 팔순 누나도 "주인공으로 꽃
핀 날이 있었"는지 궁금한 생각이 들어서다. 이윽고
시인은 저 "백일 붉은 꽃"이 "동생 사는 집 궁금해도
오지 못하는 누나"가 "남몰래 피어 오신" 것이 아닌지

생각한다. 몸이 불편하신 것일까, 하여 누나는 꽃으로 변신하여 동생 집의 꽃밭에 피어났다는 것, 그 변신은 "마을 앞산에 누워 계시는 엄마 보고픈 생각"에 이루어진 것일 수도 있겠다. 여하튼 시인은 저 백일홍을 누나와 같은 가족의 일원처럼 여긴다는 것을 위의 시는 보여준다. 바꾸어 말하면 저 백일홍은 시인의 꽃밭에 찾아온 손님이기도 하다.

시인과 이야기를 나눌 수 있는 손님. 시인에게 꽃은 무엇인가를 말하는 존재자인 것이다. 시인은 특히 '능소화'에서 꽃이 말하는 독백과 속삭임을 듣는다. 「능소화 독백」에 등장하는 능소화도 "언제나 기댈 데 없는 변두리를 좋아하"는 꽃이다. 능소화의 눈빛은 농염하다. 하지만 시인은 흉이 아니라고 한다. "이상하게 보는 눈이 문제"라는 것. 하나 이리 농염하기 때문에 "스스로 시가 되지는 못했지만 시인들이 써준 시가 수백 편"이라고 한다. 시를 불러일으키는 꽃인 것이다. 「능소화의 속삭임」에서 능소화는 "등허리 굽"고 "꽃병에 꽂히지 못"해도 "간섭받지 않고 꽃피울 수 있으면 그만"이라는 '오기(午氣)' 있는 꽃으로 등장한다. "잔가지 휘어지도록 꽃을 피"우는 능소화는 시인에게 "향기 나는 말 오래 품"고 있는 듯이 보인다.

그런데 이 말이 무엇을 의미하는지는 시인도 잘 이해하지 못하겠다고 한다. "이해하기 어려운 말"이라는 것, 시인은 "송이째 떨어져 땅의 귀에 속삭이는" 능소화의 말이 궁금하다고 말한다. 이렇게 능소화는 독백이든 속삭임이든 말을 하는 것인데 이 글의 앞에서 잠깐 선보였던 '짝사랑 꽃'인 '달맞이꽃'은 시를 쓰고 지우는 시인처럼 보이기도 한다.

시의 눈으로 보아서일까, 달맞이꽃이 시를 쓴다 달에 빠진 달맞이꽃이 제 몸에 쓴 시를 가까이서 읽을 수 있다니, 하늘 말씀에 귀 기울여 쓴 시일까 아침 햇살처럼 맑은 시 되풀이해 읽으며 고개를 끄덕인다 절창을 써놓고도 해 앞에서 언제나 몸 둘 바를 모른다 완성된 시를 달에게 바친 후 지워버리는 일에는 이유가 있다 달맞이꽃이 퇴고에 많은 시간을 투자하는 것은 이 때문이다 매일 같이 썼다 지웠다 썼다 지웠다를 반복하는 것이다 영원한 게 없다는 듯 마지막엔 지운 흔적뿐 단 한 줄도 남기지 않는다
　　　　　　　　　　　　　　─「달맞이꽃의 시 쓰기」 전문

위의 시에 따르면, 달을 짝사랑하는 달맞이꽃은 자

기 몸에 시를 쓴다. 그래서 시인은 달맞이꽃으로부터 시를 읽을 수 있다. 달에 바치는 시이지만 맑은 아침 햇살의 힘으로 쓴 시이기도 하다. 그래서인지 달맞이꽃은 "해 앞에서 언제나 몸 둘 바를 모른다"는 것. 그런데 달맞이꽃은 쓴 시를 달에 바친 후 지워버린다고 한다. 그래서인지 달맞이꽃은 "썼다 지웠다"를 반복하면서 "퇴고에 많은 시간을 투자"한다. 왜 그럴까. 어쩌면 사라질 것이기 때문에 더욱 시의 완성도를 높이려는 마음 때문일 것 같다. 사라지면 다시는 고칠 수 없으니까 말이다. 달맞이꽃은 "영원한 게 없다는" 것을 안다. 그래서 달맞이꽃은 "마지막엔 지운 흔적뿐 단 한 줄도 남기지 않는다"는 것이다. 그렇게 달맞이꽃은 일상의 시간 속에서 나타났다 사라지는 아름다운 순간을 붙잡아서, 비록 사라질지라도 가장 좋은 순간이 될 수 있도록 시를 고치고 고쳐서 달에게 보내는 것이리라. 시인은 어쩌면 이 달맞이꽃으로부터 시인으로서의 자세를 배우고 있는 것인지 모른다.

이렇게 꽃을 비롯한 자연으로부터 삶의 자세를 배워나가는 권숙월 시인에게는 이 세계 자체가 선물처럼 주어진 것처럼 느껴질 테다. 그래서 그는 감사한 마음을 갖고 살아 나간다. '선물'을 직접 주제화하여 감사의 마음을 표현한 시편들도 있다. 「시인의 선물」
에서, 시인은 "시를 써온 수강생"으로부터 '군자란꽃'
을 선물 받는다(권숙월 시인은 이 수강생을 '시인'이
라고 부른다. 등단했든 안 했든 시를 쓰는 사람은 시
인이니까.). 그 군자란은 "심히 말라도 낯빛 하나 변
하지 않는"다. 군자같이 말이다. 선물 받은 군자란은
그 자체가 시인에게 삶의 자세를 가르쳐주는 선물이
다. 어떤 시인은 제주도 여행 갔다가 "한라산의 기운
맛보라고 한라봉 한 박스"(「한라봉 한 박스」)를 선물
로 보내왔다고 한다. 이 박스 안에는, 봄 향기도 "가
득 채워"져 있다. "『문학예술』 발행인 이일기 시인이
보내주신" '청도 반시'에는 '가을 소식'이 안겨 있
다.(「가을 소식」) 이 가을 햇빛을 받으며 자라난 이
"씨 없는 감"은 맛뿐만 아니라 가을의 흥취도 전해준
다. 언급한 시편들을 보면, 시인에게 선물은 그냥 물
질적인 대상이 아니라 심적인 즐거움과 풍부함을 주
는 대상이기도 하다.

　그래서 놀랍게도 「포옹의 선물」에서 시인은 '포옹'
을 선물로 주고 싶다고 한다. 이 시는 승용차에 넣어
둔 현금을 도둑맞은 사연이 서술되어 있는 「어둠의
틈」을 잇는 시로, 그 도둑이 잡힌 이야기를 담고 있

다. 그런데 「어둠의 틈」에서 시인은 그 도둑을 '밤손님'으로 표현하고 있어서 주목된다. 도둑이라도 집을 찾아온 손님이라는 것, 그래서 존중의 표현을 버리지 않은 것이다. 도둑의 인격을 무시하지 않겠다는 것이다. 게다가 시인은 시인의 집에 찾아온 "참새 수십 마리" 역시 '손님'이라 칭하지 않는가(「참새 손님」). 「포옹의 선물」은 그 도둑 청년이 경찰에 잡히고 재판에 넘겨진 경위를 말해준다. 그런데 청년의 어머니가 "자식에게 사랑을 많이 주지 못한" 자신의 잘못이라며 시인을 찾아온 것. 처벌을 원치 않는다는 합의서를 써준 후, 결국 청년이 집행유예로 풀려났다는 소식을 청년의 어머니가 "온기가 묻어"난 목소리로 시인에게 전해준다. 이에 시인은 "밤잠 못 자고 남의 집 기웃거리기엔 너무도 아까운" 이 청춘의 미래에 축복을 주고 싶어서, 그 "쓰라린 벗에게 뜨거운 포옹을 선물하고 싶다"는 마음을 갖는다. 도둑이 되어버린 청년이 안쓰러웠던 것이겠는데, 그래도 자신의 집에 침입하여 돈을 훔쳐 간 사람에게 포옹의 선물을 주고 싶다는 마음은 아무나 가질 수 있는 것이 아니다. 저 꽃들로부터 삶의 자세를 배우면서, 시인은 그러한 군자의 마음을 갖게 된 것일 테다.

권숙월 시인이 청년에게 선물로 주고 싶은 포옹은 따스한 마음일 것이다. 선물을 받고 우리가 기뻐하는 까닭은, 그 물건보다도 선물을 주는 사람의 마음 때문이다. 그래서 따스한 '답문'도 선물이 될 수 있다. 가령, "허락하신다면, 저희가 대신 늙을 테니 선생님께서는 올해부터 늙지 마세요"라는 카톡 답문은 선물처럼 시인의 마음을 따뜻하게 데워준다(「아름다운 답문」). 이 미소를 불러일으키는 '아름다운 답문'을 보고 시인은 "이제 쓸쓸하지 않아도 되겠다"는 마음을 가질 수 있었다. 그래서 "새 선물을 받고 싶다"(「새 선물을 받고 싶다」)는 시인의 마음은 무슨 물욕을 탐한다는 의미가 아니다. "해마다 네 번 잊지 않고 선물하던" 중년의 시인이 있었는데, "이태 동안 선물은커녕 전화 통화도 쉽지 않다"고 한다. "요즘은 시를 쓰지 않는 것 같다"는 것, 이에 시인은 "해맑은 웃음이라는 새 선물을" "다시 그에게 받고 싶다"는 생각을 한다. 시인에게는 '금계국'처럼 웃는 모습이야말로 선물인 것이다. 웃음은 삶을 좀 더 상승시켜 주기 때문이다. 아래 시에서 소녀가 소년에게 전한 '따스한 농담'도 시인에게는 하나의 선물처럼 보일 테다.

겨울 막바지, 설한의 추위가 봄을 막아선 어느 날 소년이 물었습니다 "춥지, 그래도 봄은 곧 오겠지?" 말이 채 끝나기도 전 소녀가 대답했습니다 "너는 언제나 따스한 봄이야" 농담도 해석으로 더욱 빛나기도 하는 것이어서 소년의 얼굴엔 잠시 홍조가 번졌습니다 소년은 그만 봄을 자기 것으로 지키고 싶은 욕심이 생겼습니다 소년과 소녀는 아무런 사이도 아닙니다 그러면서도 소년은 소녀의 따스한 농담 한마디에 하늘을 나는 꿈을 꾸어보는 것입니다

—「따스한 농담」 전문

소녀가 소년에게 전한 "너는 언제나 따스한 봄이야"라는 말은, "소년의 얼굴"에 "홍조가 번지"도록 한다. 소년과 소녀 사이는 "아무런 사이도 아"니었기에 그 말은 농담이었겠지만, 그 농담은 소년의 얼굴에 미소를 띠게 하고 "봄을 자기 것으로 지키고 싶은 욕심"을 갖게 하기도 한다. 나아가 소년은 그 "농담 한마디에 하늘을 나는 꿈을 꾸어보"기 시작한다. 웃음을 가져오는 농담은 소년의 마음을 변화시키고 삶을 변화시키는 선물이 되었던 것, 이러한 웃음은 그만큼 시인에게 소중하게 느껴질 테다. 그래서 시인은 「웃

는 방법」에서 표정이 "담장에 기대어 핀 접시꽃" 같았던 "우리의 누나들"을 기억하는 시를 남겨 놓고 있기도 하다. 시인은 "만날 때마다 마음껏 웃어도 웃을 일 남"았던 누나들의 웃는 표정이 "접시꽃 웃는 방법과 많이도 닮았다"고 기억한다. '웃는 방법'을 체득한 누나들처럼 시인도 항상 웃으면서 살고 싶다는 생각을 하는 것이다.

그래서인지 시인은 이 시집에 노인으로서의 삶을 유머러스하게 보여주는 시편을 남겨 놓고 있다. 가령 「맑은 웃음」은 가족처럼 된 시 창작반 할머니 수강생들 사이에 맑은 웃음을 퍼뜨린 농담에 대한 일화를 기록한다. 「바람의 귀」는, "마흔 명 중 절반이 일흔을 넘"긴 시 창작반 수강생들이 문학 기행을 가서 "입장권은 스무 장만 구입하면 된다는 말, 몇 년 가지 않아 열 장도 많겠다는 말"을 하면서 깔깔거리는 모습을 담아 놓는다. 노인이 된다는 일은 서글픈 일이겠으나, 시인은 농담으로 이러한 서글픔을 떨쳐버리려고 한다. 뿐만 아니라 웃음이 꽃피는 곳에서는 싸움이 없다. 주로 놀 때 웃음은 터져 나온다. 그렇기에 놀이의 현장은 평화로운 세계인 것이다. 아래의 시가 보여주는 청둥오리의 세계가 그러한 세계다.

직지천에 청둥오리 놀고 있다 여남은 마리씩 어울려 놀고 있다 놀면서도 눈은 물속에 가 있어 물고기 만난 듯 연신 잠수를 시도한다 번번이 허탕을 치지만 시간 가는 줄 모른다 노는 게 일인 청둥오리의 세계엔 정치라는 게 없고 쌈박질 또한 없다 미워하고 욕하는 것은 사람들의 일, 겨우내 같이 놀아도 어깨 한번 부딪히지 않는다 청둥오리 놀다간 자리 맑고 깨끗하다 직지천 물청소는 알아주어야 한다

—「직지천 물청소」 전문

권숙월 시인이 꿈꾸는 세계는 바로 저 '청둥오리의 세계' 아닐까? "정치라는 게 없고 쌈박질 또한 없"는 세계. 사람들의 세계에서는 "미워하고 욕하는 것"이 일상이다. 반면 "시간 가는 줄 모"르게 "번번이 허탕을 치"면서도 "잠수를 시도하"는 청둥오리의 세계는 "노는 게" 일상이다. 놀이가 일상이 될 수 있는 세계가 "같이 놀아도 어깨 한번 부딪히지 않는" 평화로운 세계다. 아마 예술은 사람들의 싸움 세계에 이러한 평화로운 놀이 세계를 마련하려는 노력에서 만들어지는 것일지 모른다. 예술은 어떤 목적을 위해서 만

드는 것이 아니라 그 자체의 제작과 수용이 즐거운 일이기에 만들어진다. 예술의 한 장르인 시 역시 시 쓰기 자체의 즐거움이 있기 때문에 써지는 것이다. 그리고 시인의 놀이를 통해 완성된 시 작품은 사람들에게 따스한 마음과 미소를 선물한다. 이 시집의 시편들이 담아 놓고 있는 다채로운 꽃의 세계가 그러하듯이 말이다. 이 따스한 시 세계는 사람들에게 평화로운 마음을 퍼뜨린다.

하지만 이 시집의 시편들이 미소를 자아내는 시편들만 실려 있는 것은 아니다. 노인으로 산다는 것은 아픈 몸을 끌고 사는 일인 것, 그래서 인생의 서글픔을 벗어날 수는 없다. 이 해설은 이에 대해서도 언급해 두고 끝맺어야 할 테다. 「겨울 햇살 아래」에서 시인은 칠십 대 노인들이 탄 승용차가 병원차 같다고 말한다. "우리 나이엔 누워 있지 않은 것만 해도 다행이죠?"라는 말에 시인은 "남몰래 울컥했다"고 한다. 또한 나이가 들면 우리보다 더 나이가 든 '선생님'께서 먼저 이 세상을 뜨는 일도 겪어야 한다. 「가을날 코스모스」는 『시문학』을 "매월 한 호도 거르지 않고 발행"하신 김규화 선생님을 추모하는 시다. 폐암 3기를 선고받은 김규화 선생님은 2023년 2월 12일, 『시문학』

2023년 2월호를 만드신 직후 별세하셨다고 한다. 이렇듯 노인이 된다는 것은 죽음으로 인한 이별을 겪어야 한다는 것도 의미한다. 하지만 시인은 사별을 통해 더욱 그 사람을 이해하고 용서하고 사랑이 깊어질 수 있다는 것을 경험하기도 한다.

> 엄마~ 봄 햇살 같은 말, 여섯 살까지 입에 달고 살았지만 그 뒤로는 아니다 남편 잃고 두 아이만 보고 살기엔 너무 아까운 나이였을까 어린 자식 남겨 두고 남의 아내가 된 엄마, 속으로 미워하며 원망을 키웠다 어느 날 밤, 기별 없이 찾아왔을 때도 싫다며 달아났다 청년이 되어서야 엄마 마음 알았지만 표현할 시간은 많지 않았다 새로 이룬 가정에서 네 아이 시집 장가 다 보내고 남편까지 하늘나라 보낸 뒤 누나에게 얹혀 말년을 산 엄마, 오십 년 가까이 홀로 띠를 덮고 누운 전 남편 생각에 얼마나 아팠을까 마을 앞산으로 두 눈 감고 돌아오신 날, 아버지 옆자리에 눕혀드렸다 때맞춰 꽃 피운 아카시아 참 잘했다고 새색시 적 엄마 향기 전해주었다
>
> —「엄마 향기」전문

노인이 된 시인이 돌아가신 어머니를 생각하면서 "여섯 살까지 입에 달고" 산 '엄마~'라는 말을 다시 꺼내보고 있다. '엄마'는 젊은 나이에 남편(시인의 아버지)을 잃은 후, "어린 자식 남겨두고" 재가하셨다고 한다. 그리고 소년 시절 시인은 '엄마'에게 서운함을 품고 있었기에 '엄마'가 "기별 없이 찾아왔을 때도 싫다며 달아났다"는 것이다. 장성한 시인은 엄마의 삶을 이해할 수 있게 되었지만 "표현할 시간은 많지 않았"을 것이다. "누나에게 엎혀 말년을 산" '엄마'가 돌아가신 후, 시인은 '엄마'를 비로소 가족으로 받아들이듯이 "아버지 옆자리에 눕혀 드렸다"고 한다. 이로써 시인은 '엄마'에 대한 사랑을 회복할 수 있었던 것, "때맞춰 꽃 피운 아카시아"의 "참 잘했다"는 칭찬은 그 회복을 표현한다. 시인이 마음속에서 '엄마'의 삶을 깊이 받아들였을 때, 엄마의 향기가 아카시아 향이 되어 시인의 삶 속에 퍼진다. 시인을 짓눌러온 엄마에 대한 미움이 드디어 해소되고, 그의 삶은 구원받는 것이다. 위의 시는 시인의 아릿한 삶의 내력을 감동적으로 그려낸 시다.

이러한 성숙과 구원에 이를 수 있었던 것은, 시인이 일상 속에서 이 세계를 따스하게 느끼는 법과 '웃는 방법'을 배우고자 노력했기 때문일 것이다. 하여, 또한 이렇게 따뜻한 꽃밭 같은 시집을 독자에게 선물로 남길 수 있었던 것일 터, 이 시집을 다 읽자마자 시인의 열여섯 번째 '새 선물'을 벌써 기다리게 되는 것은 필자만은 아닐 것이다.

시와반시 기획시인선 026
오래 가까운 사이

펴낸날 | 2023년 8월 1일 초판 1쇄

지은이 | 권숙월
펴낸이 | 강현국
펴낸곳 | 도서출판 시와반시

등록 | 2011년 10월 21일 등록(제25100-2011-000034호)
주소 | 대구광역시 수성구 지산로 14길 83, 101동 2408호
전화 | (053) 654-0027
전송 | (053) 622-0377
전자우편 | khguk92@hanmail.net

ISBN 978-89-8345-149-1   03810

*이 책 내용의 전부 또는 일부를 재사용하려면 반드시 저작권자와
 시와반시사 양측의 동의를 받아야 합니다.
*잘못 만들어진 책은 바꾸어 드립니다.